모르는 곳으로

모르는 곳으로

초판 1쇄 인쇄 | 2020년 10월 25일
초판 1쇄 발행 | 2020년 11월 4일

지은이 | 김용길
펴낸이 | 김용길
펴낸곳 | 작가교실
출판등록 | 제 2018-000061호 (2018. 11. 17)

주소 | 서울시 동작구 양녕로 25라길 36, 103호
전화 | (02) 334-9107
팩스 | (02) 334-9108
이메일 | book365@hanmail.net
인쇄 | 하정문화사

ⓒ 김용길 2020
ISBN 979-11-967303-6-9   03810

작가교실 시인선 01

모르는 곳으로

김 용 길 시집

첫 시집을 내고 한 세대가 흘렀다

왜 시를 쓰지 않느냐는 질문에
'전직 시인'이라 대답했다.

그동안 시를 쓰지 아니한 것은 아니다
끄적거린 시 메모장이 A4용지 두 박스나 된다.

하지만 마음에 드는 시가 별로 없다.
내 안에 들어 있는 시가 꺼내지 않았다.

더 버틸 수가 없어서 시집을 낸다.
이제 다른 방법이 없다.

그래도 A4용지 한 박스가 남아있다.
저세상에서 꺼내다 쓰듯 건져 올릴 것이다.
이게 나의 최선이다.

2020년 가을에

차례

제2장 여기, 아주 먼 곳

제 3 장 천학매병 千鶴梅瓶

■ 발문 ┃

제 **1** 장

물기척

잠행潛行

번쩍!
하늘에 칼을 던졌다
사라졌다
드디어 하늘에 숨긴 것이다

비로소 나는 무림의 고수가 되어
잠행을 시작한다
시정배들이 오가는 바닥을 훑고
현상금 걸린 목들을 체크한다
그리고 바람에 떠도는 풀씨처럼
방방곡곡을 누비고 다닐 것이다

현상금 걸린 목을 만나거나
혐의를 지울 수 없는 얼굴을 만났을 때
그 결정적 순간에만
하늘 깊숙이 손을 넣어
숨겨놓은 칼, 번개를 꺼낼 것이다

다큐멘터리

남극 다큐멘터리를 보면
그렇게 미련한 짐승이 있을까 싶다
영하 40도에서 새끼를 낳고
새끼를 키우기 위해서
그곳에 산다

옆집 아저씨가 그렇다
마누라는 도망가고
돈벌이는 시원치 않다
그는 영하 40도에서 새끼들에게
라면을 끓여주고 있다
햇빛도 들지 않는 빙하의 반지하 방

물론 나는 그 옆방에서 살고 있다
그래도 내 방에는 창이 있어서
이따금 달이 보인다

달에는 펭귄이 살고 있다

시를 쓰는 마음 _씨앗

모두 잠든 깊은 밤
하늘에서 뽀얗게 날아내리는 것들

나는 침대 위에 잠들어 있고
내 잠속으로 환하게 뿌려지는 것들

눈송이인가 나비인가 민들레 꽃씨인가
내 꿈 속 들판을 날아다닌다

소년인 내가 그 들판을 팔랑팔랑 쏘다니다
밤이 되어 별들이 쨍쨍한 하늘을 바라본다

별 하나가 가슴에 와 박히고
소년은 머나먼 우주를 날아다닌다

시를 쓰는 마음 _화장(火葬)

마음속에 시가
뼈처럼 새겨져 있네
마음을 불태워 뼈를 추려내리
그 뜨거움 속으로
머리를 디밀어
머리가 불타오르고
가슴이 불타오르고
내가 사라진 뒤
허연 뼈가 재가 되어
글자 몇 개로 누워 있네!

길 위의 집

친구 녀석이
전봇대에 윗도리 걸고
쉬 하고
누워서 잔다
낄낄거리며 그 모양 보다
나도 윗도리 걸고
그의 옆에 누웠다

이 집은 웬 천장이 저리 높고
등불이 저리 많고 깊으냐?
춥다
누가 이불 좀 덮어다오

물기척

물소리가 들린다
가만가만 흐르는 물소리
물속을 헤적이는 물고기들이
뿜어 올리는 둥글고 둥근 물방울 소리
강가 방갈로에 누워서
FM 라디오 음악을 듣다가 끈다
누군가 강을 건너오는 듯한
가슴 두근거리는 물기척 때문이다
아, 누군가 나를 향해 헤엄쳐오는
그 물소리가 들린다

내 사랑 번개

바위가 굴러 떨어지면 어디까지 갈까
번개가 바위를 때렸고
바위는 영혼의 뿌리까지 뽑혀서
굴러 떨어지기 시작했다

42번 국도國道의 아스팔트를 깨고
국도의 철책을 깨고
비탈을 굴러서 민가民家를 덮칠 것인가
아스팔트를 따라 굴러서
달려오는 차를 덮칠 것인가
갓길로 빠져나가
개울 쪽으로 풍덩 빠져들면서

물고기들을 하늘로 날려 보내서
새를 만들 것인가
별을 만들 것인가

바위가 굴러 떨어지면 어디까지 갈까
내 가슴을 덮치고 하늘로 날아오를 것인가

착득거着得去

돌 속에 갇힌 여자가 말한다
-꺼내줘요, 제발!

돌 밖에 갇힌 남자가 말한다
-난 미켈란젤로가 아니야!

돌 속에 갇힌 여자가 말한다
-난 당신을 사랑해요. 제발 꺼내줘요!

돌 밖에 갇힌 남자가 말한다
-나를 들여보내 줘, 제발!

바로 치소서

벼락 맞아 새까맣게 타버린 나무
저게 저승의 모습이로구나
차라리 재가 되는 게 나을 걸
혀를 쯧쯧 차고 돌아서는데
그게 아니었다
가지가 찢어지고
꺾어진 줄기 사이로 수액이 질질 흐른다
얼마나 고통스러울까?
저게 지옥이구나
무슨 잘못을 했을까
나처럼 금강경을 태웠을까?
성경도 찢었을까?
도둑질하고 간음했을까?
대신 무릎 꿇고 빌고 싶다
대신 벼락 맞고 싶다

낙엽

어둡고 바람 부는 밤이었다
쓸리는 낙엽처럼 홀로 걷다가
문득 발걸음을 멈춘 신발가게 쇼윈도
햇살 같은 점원 아가씨
나풀거리는 머릿결이 후광 같았고
더는 발걸음이 떨어지지 않았네
꽃 한 송이 사 들고 안겨주고 싶지만
누추한 나그네는 가등街燈 그림자에 갇혀
아아, 너에게 다가가고 싶지만
다시금 나그네는 바람에 쓸려 떠나가네

웃음

벽에 걸려 있는 액자
아버지는 거기서 몇 년째
나를 내려다보고 계신다
나는 주로 돌아앉아서 노트북을 두드리고
이따금 아버지를 돌아보지만
별로 나누는 이야기는 없다
아버지는 한마디 말이 없고
나 또한 할 말이 없었다

어느 날 아들이 내 방에서 자고 있었다
문득 낯설고 생경했다
눈길이 아버지에게 가닿았다
아버지 실실 웃고 계셨다

나그네 집

수천의 새들이
나무 위에 앉았다 가고

어느 새 하나는
둥지를 틀고 거기서 사느니

나무는 그러기를
수백 번 보고 또 보았는데도

수천의 새들
여전히 날아들고

어느 새 하나
다시 둥지를 트느니

나무는 모르는 체
팔을 뻗고
잎새를 펑펑 터트린다

날치

날치 떼는 바다를 치고 나와
한 뼘 높이의 하늘을 달린다

한 뼘 높이로 지상을 스치며 달리는 사람들
밤새 반짝거리며 나는 개똥벌레들

달은 기세를 올리며 둥둥 솟아오르는데
쉴 새 없이 떨어지는 별똥별들

수면에 난반사하는 빛살들
나를 견딜 수 없게 하는 위태로운 몸짓들

아, 죽음 위를 닿을락 말락 나는 날치 떼여!
장엄한 달빛이 밤바다에 북을 둥둥 울리고 있다

한 잔의 밥

밥 대신 술 마시는 저녁
한 잔의 밥이 짜르르하다
짜르르 나를 찌르고 지나가는 번개
그 불빛에 종일 걸어온 길이 환하다
다 떨쳐버리고 떠나온 바닷가
때마침 하늘에서 아버지가 번개를 친다
아껴 마셔라, 술 떨어지면 세상 하직하는 겨
아버지 눈물 후두둑 후두둑 떨구신다
잔을 들어 아버지 눈물 받아 마신다
술에서 하늘 냄새가 난다
술에 기대어 나를 돌보다니
나는 너무 가여운 병을 앓고 있구나
비의 눈들이 밥알처럼 씹힌다
아, 나는 너무 아름다운 밥을 먹고 있구나
그때 아버지 불쑥 손 내밀어 나를 흔든다
이놈아, 술 대신 밥을 먹어라
나 끄덕이며 한 잔의 밥을 다시 청한다

말씀

구름은 흐르면서
땅에 글을 쓰고 있다

슬쩍슬쩍 지나가면서
그러나 한 획 한 획 깐깐하게

내 이마에도 한 획이 지나갔으나
무슨 글자인지 알 수가 없다

구름 위 발코니에 앉아 있는
그이에게 전화해 봐야겠다

아이

자는 아이의 손을 잡고 있으려니
내가 아이가 되고
아버지가 내 손을 잡고 계신 것 같다
30년 전에
그이도 이렇게 나를 잡고
가만한 숨결을 느끼시다 가셨을 거다
30년 후엔 아이도 그럴 거다
가만히 보면
우리는 그렇게 다 같이 손잡고 있는 건가
손에 손잡고 시간의 환環을 이루며
달 밝은 밤에 강강수월래를 이루는 건가
그 금환金環의 나라에 우리는 있는 건가
아이가 꼼지락거리며 굴러와
나를 꼭 껴안는다
허허 그놈!

강물

무거운 것일수록 깊이 가라앉는
이 강물에서
그러나 가벼운 것일수록 멀리 가는
이 강물에서
나는 얼마나 무거워져야
바다에 이르겠느냐

보이지 않는 것은
이 혼탁한 강물 탓이 아니다
물이여
얼마나 가라앉아야
내가 보이지 않겠느냐

나를 베끼다

지이잉- 복사기 불빛이 지나간다
너였던 페이지가
베껴진 내가 되어 나온다

저만큼 물러앉은 산이
지그시 누르고 있는 산이
물그림자로 온다

빈손

저 하늘은 빈손이다
밤새 눈 쏟아붓고 손 툭툭 털었다
발목까지 빠지는 마을은
땅은 풍성한 나락을 받아서
흡족하고 고즈넉하다
밥 짓는 연기 오르고
마당을 쓰는 손들이 나온다
무릎이 차는데 쓸기는 무슨
허, 기가 차다
빈손이 참 파아랗다

길이 꽃필 때

길은 바닥에 누워서 줄기를 뻗는다
줄기는 하늘로 오르고 가지를 뻗는다
해서 나그네는 줄기를 따라 점점 올라간다
샛길을 좋아하는 이는 곁가지로 빠진다
길이 시작되는 곳에서부터 걸어 온 이는
꽃대궁이 속으로 들어간다
불쑥불쑥 머리를 내밀고 꽃잎을 펼친다

길을 따라 걷는 것이 하늘로 오르는 일이고
꽃이 꽃피는 일이란 걸 아는 사람들은 안다
사람들은 걷는 만큼 꽃핀다

세상 밑그림 _김종삼에게

시골 도서관 먼지 쌓인 서가에
꽂혀 있는 시집 한 권
날고 있는 시 한 편
도서관을 하늘로 끌어 올리며
나를 하늘로 날게 하는 천마天馬 페가수스
세상 속 일이야 개똥같아도
나는 구름 사이를 날며
거기에 써진 글자들, 돌아가고픈 영혼들을 읽는다
후두둑 후두둑 떨어지는 글자들, 눈물들, 빗방울들
세상이 밑그림으로 깔려 있다

그림자 뿔

하, 그림자가 빛난다
그림자에 빛이 있다니
죽은 나무에 곁눈이 돋듯
도깨비 머리에 뿔이 난 듯
그림자가 그렇게 눈 뜨고 있었어
나는 내 그림자를 밟고
쭈그리고 앉아서 들여다보았어
그러자 그림자가 나를 올려다보는 거야

빈틈

친구들과 산을 오르는데
야, 제비꽃이다
누군가 외쳤다
야, 오랑캐꽃이다
다른 녀석이 외쳤다
쳐다보니 같은 꽃을 보고 그러는 것이었다
둘 중에 누가 틀렸겠지 싶었다
둘 다 시골 출신인데
둘 다 산을 타는 편이데
누가 틀렸을까
산을 오르면서 계속 생각했다
누가 틀렸는지 심증은 가지 않았지만
세상에 빈틈이 있다는 게 즐거웠다

산을 내려오다 다시 그 꽃을 만났다
야, 이 꽃 이름이 뭐니?
내가 물었다

오랑캐꽃, 제비꽃
저마다 외쳤다
그게 같은 꽃이란 걸 나만 몰랐다

제 **2**장

여기, 아주 먼 곳

모르는 곳으로

남겨진 시간, 남겨진 그대
얼마나 같이 갈 수 있을까
떠나고 싶다 모르는 공간, 모르는 사람 속으로
모르는 삶을 살고 싶어
지금보다 덜 슬프고
지금보다 덜 외로운 곳으로
남겨진 그대와 떠나고 싶어
우리가 모르는 기쁨을 찾아
아무도 나를 모르는 곳으로 가서
내가 잘 아는 그대를 아무도 모르게 만나고 싶어

내가 죽어 별로 갔을 때

일 초에 백 번씩 생각이란 걸 하는데
그 생각의 뇌파가 지구를 떠나
우주로 가는데
나는 여기 그냥 남아서
무슨 생각 했는지 모른다

무슨 생각을 했는지 모르는 나는
그 후에도 계속 일 초에 백 번씩
무슨 생각을 했겠지
그물에 걸린 생각들을 건져 올려서
책이란 걸 300권이나 썼는데

내가 죽어서 별로 갔을 때
나는 나의 생각을 찾을 수 있을까
그 책을 쓰는 시간의 충만된 영혼을 찾을 수 있
을까
내가 죽어서 땅에 묻히고

그 먼지들이 지구를 뚫고 별로 갔을 때

그들이 나를 찾아올까
어느 별에서 나는 누구와 랑데부를 할까
이미 와있는 내가 아는 이들일까
전혀 새로운 그들일까
내가 죽어서 별로 갔을 때

어쨌든 누구라도 만날 수 있으면 좋겠지

여기, 아주 먼 곳

문득 아주 먼 곳에 와 있다는 느낌
오랫동안 이 땅에 살아왔지만
돌연 꽃피어 있다는 느낌
하루 종일 거리를 거닐며
긴 모가지는 바람에 건들거리는데
내가 떠나온 다른 세상이 어디선가
불 밝히고 있다는 느낌
하늘은 높고 파랗고 깊은데
저기 저 어디쯤에서 내 별은 빛나고 있고
별빛의 대롱이 내게로 이어져 있다는 느낌
걷고 걸어서 바다에 이르면
대롱 속 저 밑에서
심장은 무언가를 뿜어 올리는데
여전히 건들거리는 꽃대궁이
이건 어디서 와서 바람 타는 거지?
돌아갈 집이 없는 것도 아닌데
문득 아주 먼 곳에 와 있다는 느낌

나비는 돌아갈 곳으로 날아가고
먼 나라에서 배는 연이어 돌아오고
나는 방파제에 앉아
대롱 속으로 소주를 부어 넣는다
비로소 바다 밑으로 뚫리는 투명한 길

후포에서

길 가다 길이 없어지고
대문을 여니 집이 없다
그래도 안으로 들어서니
바다냄새와 긴 수평선이 내 목에 걸린다
하늘을 나는 갈매기 춤사위와
바다를 헤엄치는 오징어 춤사위 높이로 출렁거린다

누군가 그렇게 수평선을 줄넘기처럼 돌리고 있고
배들이 사람들이 그 안에서 뜀뛰기를 한다
오징어도 대게도 가자미도 튀어 오른다

길 가다 길이 없어지고
대문을 여니 집이 없는 곳!

그믐달

잘 벼린 칼 하나
가문 대대로 내려오는 명검
나는 한 달에 한 번만 그 칼을 쓴다
모두가 잠든 새벽
아무도 몰래

하늘에 걸어 둔
저 칼 뽑아 든다

봄밤 개나리

밤
싸늘한 봄밤
벽 기대 흐르는
눈물 닦다
거닐던 병원 뜨락
한구석 뭉쳐져
가슴 쪼개며 오는 금빛 보았네
세상 빛 다 모아
천지간 죽음 뚫고 오는 꽃
빛나네. 참 환하기도 해라
내게도 저런 빛이 남아있을까
돌아다보면 금빛 손으로
내 이마를 짚어주는 꽃
넓고 높게 울타리를 치고
오르는 금관金冠
내 어질머리에 씌우고
내 안에 타는 불꽃 모아

찌르는 아픔 속 빛 모아 타는 혼!
숨이 꺽꺽 막히도록
저 개나리 무장무장 피우고 있네
–아아, 어쨌든 살아야겠다

가자미

바닥에 가라앉아보면 안다
내 위로 지나가는 무수한 발들
저 물 위에 떠도는 바람도 햇살도
나를 희롱하는 신발인 것을
나는 자꾸 밑으로 밑으로
곤두박질치며 빙글빙글 뒤집히며
더는 갈 데 없는 곳까지 떨어져 내린다
마침내 바닥에 처박혀 버둥거리며
두 눈을 멀뚱거리며 하늘을 본다
보이지 않는다. 억겁의 바다
억겁의 무게 억겁의 고통이여!
숨을 몰아쉬고 온몸이 흙빛이 되어가도
아무도 아는 이, 보는 이 없어라
살아나리 어떻게든 살아나리라
배에 힘을 주고 옆으로 기어본다
오냐 아무리 밟아도 아프지 않다
흙빛 가자미 되어 바닥을 기는 이제

아무도 바닥의 바닥은 밟지 못하네
오 너르디너른 바닥이여
한번 돌아누우면 모두가 발밑이겠구나
그러나 한번
돌아눕기가 죽기보다 힘들구나

석공 石工

잠들어 있는 돌을 일으켜 세우고
사방을 쪼아대며
깎아내고 갈아대는데
아직 돌은 눈뜨지 않는다

석공은 소주병을 나발 불며
미련한 돌을 마구 욕한다
무딘 정을 내던진다

그날 밤 석공은 돌아와 돌의 이마에 입 맞추고
천천히 가슴이며 얼굴을 다듬는다
입김을 불어가며 눈물을 발라가며
석상을 다듬는다

석공은 석상 앞에 무릎 꿇고 기도하며
내일 만날 석상의 형상을 그려본다
천천히 일어나 석상을 껴안으며

그 형상을 입힌다
도드라진 입 형형한

삼척일기

도착한 날부터 비가 왔다
파도의 포말은 선창가 선술집 유리를 때리고
어부들은 말없이 술잔을 비운다
어서 바람이 자야 할 텐데…
주인아줌마는 행주에 젖은 손을 훔치며 중얼거리고
수족관 물고기들은 눈을 꿈뻑이며
우리를 들여다보고 있었다
나는 소주병의 소주를 내 몸에 옮겨 넣고
비 내리는 선창으로 나선다
소주병 푸른 주둥이로 휘파람을 불다가
다 젖어서야 민박으로 돌아왔다
하루에 1만 원짜리로 구겨져서 열흘 동안 누워만
있었다
세상을 떠나본 적이 있는가
저녁에 선술집에 가면 어부들은 말없이 술잔을 비
우며 묻는다
바다 깊이 들어가 물고기처럼 눈을 꿈뻑거려 보

앉는가
내가 떠나는 날도 비가 왔다

미량항

어슴새벽 갯내음이 가득한 포구
어느새 들물이 차오르고
밤새 통발과 주낙을 드리웠을 배들이
하나둘 돌아오고
포구는 부스스 잠이 깬다

펄떡거리는 농어, 돔, 광어
미역 줄기를 휘감고 꿈틀거리는 낙지
경매사는 호기 있는 눈빛을 번득이고
중매인은 손가락 모양을 자주 감춘다

바깥에 남정네들은 둘러앉아 해장술을 마시고
그 앞에 서너 시간 전 바다의 폭군이었던 상어와
바다 밑바닥을 훑던 광어가 회무침 신세다

위판장을 휘휘 둘러보던 마을 노인네
짱뚱어가 보이지 않는다고 걱정이다

적어도 한 다라쯤은 있어야 하는디
짱뚱어는 갯벌에서 잡는디 이 새벽에 그건 왜 찾
소?
회를 썰던 아낙이 타박을 하고

금강경을 읽다가

금강경을 읽다가 깜빡 잘못 읽은 구절,
-몸은 '머문 바 없이 마음을 내느니'
몸이 마음을 내다니?
그렇구나, 나의 끌림과 떨림을
내 마음을, 몸이 내고 있었구나
그렇다면 마음이 몸을 버려도 몸은 마음을 낸다?
몸 밖에서 타오르는 정신이여!
아, 너는 헛것이었구나
온 데도 없고 간 데도 없었구나
배고프면 밥 먹고 졸리면 잠을 자리니
몸을 떠난 실상實像은 없었구나
몸을 떠난 정신이여!
몸을 바라보는 나는 유무有無를 초월해 있느니
아, 몸은 '머문 바 없이 마음을 내느니'

반지

너를 갖고 싶어서
반지를 너에게 주었다

사람의 몸은
몸 부피만큼의 구멍이다
쑥 머리를 디밀면 들어간다
칼도 들어가고 총알도 들어가고
빛도 소리도 다 들어간다
삶도 죽음도

그런데도 몸 부피만큼 테두리를 남기려 한다
누군가에게 반지로 남으려한다

썩은 고기 까마귀

얼어붙은 겨울 하늘을 배경으로
소나무 가지에 앉아있는 검은 제복의 성직자

심심한지 나무 잔가지를 물고
높이 날아올라 가 떨어뜨리고
재빨리 내려와 낚아챈다
하늘을 낮게 미끄러지듯 날아가다가
갑자기 뒤로 돌아 공중제비를 돌기도 한다
그러다가 녀석은 다시 나무 위에 올라앉아
검은 실루엣으로 꼼짝도 않는다
사람들은 눈길 한번 안 주고 지나가지만
녀석은 사람들을 진지하게 바라보다가
이따금 나와 눈을 맞추곤 한다

검은 밤의 빛깔을 한
너무 가까이 있는 엄숙한 죽음의 새
내가 등 뒤로 감추었던 엽총을 쏘자

깃털 하나를 떨구고 날아가 버렸다
다시 총알을 재고 있을 때 자신만만한 녀석은
내 머리에 나무 잔가지를 떨구고 날아갔다
저놈이 나를, 삶과 죽음을 희롱하는구나

고래잔등에서

고래잔등에
참 많은 사람들이 살고 있기도 해
고래란 놈은 대단하기도 하고
제 등에 밭을 갈고 공장을 지어도
꾹 참고 모르는 척하고 있거든
하지만 고래는 잠자고 있는 것이 아니야
죽은 것은 더욱 아니고
수시로 제 등에서 떨어져 내리는 사람들을 먹어
치우지
그래, 사람들은 죽어서는 고래 배 속으로 들어가지
그곳은 천국이자 지옥이기도 해
지글지글 끓고 소화되어 뼈도 남지 않지만
고래의 피와 살이 되지
오 하늘에 계신 우리 아버지
더러 어떤 이들은 고래의 등을 쪼개고 나와
다시 고래잔등에서 살기도 해
우린 그걸 환생이나 부활이라고 불러

그러나 아무도 모르고 있어
고래가 우리를 싣고 어디로 가고 있는지

산월産月

나뭇가지에 걸린 초승달
나룻배인양 사람을 불러 모으고
이내 빼곡해지자 떠난다

만삭의 몸이 되어 떠오른 보름달
어디다 내 새끼를 낳아야 하나
강강수월래 강강수월래

그믐달이 나뭇가지에 닻을 내리자
하선하는 사람들
강강수월래 강강수월래

기도하는 소녀

목포 허백련 미술관에는
내가 10년째 가서 보는 소녀가 있다
그녀는 돌 속에 들어앉아
기도하는 소녀다
두 눈은 하늘을 향하고
두 손 모아 무릎 꿇고 있다
10년째 아니, 우리가 세상에 오기 전부터
수백만 년째 그러고 있는 거다
삶과 죽음이 없는 저 피안에서
아, 누구를 위해 기도하고 있는 것인가

나도 두 손 모아 기도하고 있다
저 소녀에게 입김을 불어 넣어
그녀의 심장을 뛰게 하고 싶다
저 돌 속에 바람과 하늘을 수락하고
갈라테이아*에게 생명을 주고 싶다
사랑의 여신 아프로디테여!

저 돌 속의 소녀에게 입 맞추게 하여 주오

목포를 떠나 서울로 오는 밤 기차
어두운 유리창에 기도하는 소녀가 얼비친다
집에 가면 저 소녀가 나를 기다리고만 있을 것 같다
아, 나는 그녀에게 입 맞추리
그녀가 깨어났을 때 우리의 기도는 완성된다

*그리스 신화에 나오는 조각가 피그말리온이 만든 조각상.
그는 아름다움의 여신인 아프로디테에게 조각상이 진짜 여
자로 변하게 해달라고 빌었는데, 아프로디테가 그 소원을
들어주어서 조각상이 아름다운 여인으로 변하자 아내로 맞
이했다.

붕어를 찾아서

붕어빵 리어카 끌고
전국을 돌면서 가는 사내
하루는 학교 앞, 하루는 장바닥
해가 지면 싸구려 여인숙에 들어
문틀이 우는소리를 듣느니
오늘 성긴 눈발 긋고
밤새 눈이 퍼부어 내려
지금 자는 이들이
눈 속에 잠기는 걸 꿈꾸네
내일 아침은 눈 밑으로 길을 뚫고
덧정들 사람들만
가슴으로 데운 물 흐르는 시냇가에서 만나리
그 시냇가에 붕어빵 리어카 끌고 가서
천년을 눈 속에서 잠자는 이들 불러모으리
눈 위에 세상이 잠깨어 소란스러워도
그 사람들 붕어빵 먹지 않고
시내에 놓아 꼬리치며 달아나도록

방생의 제를 염하리
붕어들아
너희들 떠나온 곳
가고 싶은 곳으로 돌아가라
가게들이 늘어선 가로를 따라
그 밑으로 시냇물이 흐르고 길이 흐르고
이 도시 저 도시마다 떠도는 붕어 떼
길가에 시냇가에 붕어빵 리어카
그 위에 밤마다 눈은 내려만 쌓이고
그 눈 속을 붕어들이 오르내리고
시냇물 소리 철, 철, 철 천년을 가네

밑그림

아이가 크레파스로 꾸불꾸불 선을 그린다

산이야

그 밑에 두 줄 더 그린다

강이야

산 위에 동그라미 두 개 그린다

해와 달이란다

강 주위에 동그라미 몇 개 그린다

마을이랑 집들

들은 저절로 펼쳐졌다

그물 사이로

세상이 짜는 그물에 걸린 사물들
사이로 흐르는 물
따라 나는 흐르네

그물을 자를 가위도
그물을 뜨거나 풀 바늘도 아닌 바에야
그냥 사물들이나 어루만지며 흐르리

그물에 걸린 것들은 무엇일까
반들반들하고 이쁜 빛나는 비늘들
펄떡거리는 뜨거운 힘들

나 가벼이 만지며 흐르는데
나를 물어뜯고 찢어대는 사나운 이빨!

나 껍데기 홀러덩
벗겨져

알맹이만 빠져 흘러나왔다
나 피인지 혼인지 물인지

흘러 다닌다
이 끝에서 저 끝까지 출렁이는 물결 사이로
서서히 떠오르는 그물에 걸린 도시여
도시의 이빨 새에 끼인
내 몸뚱이여

호시탐탐 노리는 새, 하늘을 날고

환한 무덤

좌우
어디로 누워도
엎드려도
찌르는 아픔
몸 둘 곳 없는 칼끝

하얀 새벽까지 검은 밤까지
하얀 밤부터 검은 새벽까지
몸을 뒤채며
쑤셔오는 칼끝에 살을 발리며
꺼이꺼이 속으로 우느니
뼈마저 안에서 찌르는구나

다 발라진 몸이여
지나가는 바람도 얼얼하고
내 혼의 넋도 다 발리어
가루가루 날리어 떠나가누나

여기가 무덤 속인지
밖인지 차라리 환하다
풀꽃인지 뿌리인지
환하디환한 빛줄기 쏟아지고
찌르는 아픔 속 빛 모아 타는 혼!

그 긴 터널 지나며 어둠도 새롭다

영혼의 나무

나무는 창밖에서 노래하고
나는 그 뿌리를 베고 누워서 듣네
내 안이 방 안 같아서 당신이 내 안에 있는 거요
그러면 내가 너의 혼이라도 되는 거냐 물으면
그렇다 그렇다고 무수한 잎새가 박수를 치네
나무는 내 몸이고 나는 나무의 영혼
영혼은 키를 세우고 높이 높이 오르네
나무 그림자는 땅끝을 덮고 잎새는 하늘을 퍼 올
리네
철썩, 바다가 달려와 발등을 핥고 은하는 머리를
적시네
나는 가없는 길에 서 있고 또 서 있네

절대 블루

눈을 감아도 별들이 보여
가로등 불빛에 빗줄기가 흩어지듯
눈꺼풀에 맺힌 천계天界의 이슬
한없이 투명에 가까운 새파란 별빛들
나는 바다에 잠긴 듯 깊은 블루를 느끼지
내 몸에서 피어나는 밤보다 깊은 블루
아, 이미 저 먼 별에
영원의 끝에 가닿아 있는 절대 블루

산정 山頂

산을 오르다
다 오르지 못한다
길가에 꽃 한 송이
돌멩이 하나가
나를 붙들고
제 속을 보여준다
기웃이 들여다보면
맑은 내가 흐르고
푸르른 들이 있고
집 몇 채 있는 마을도 보인다
그 마을로 난 길을 걷다 보니
길은 산 위로 뻗어 있고
마을로 가지 못한다

산을 다 오르자
멀리 외딴집에
아낙이 물을 길어 올리는 게 보인다
비로소 마을로 난 길이 보인다

제 **3**장

천학매병千鶴梅瓶

막 썰어 횟집

우리 동네에 '막 썰어 횟집'이 있다
거긴 진짜 막 썬다
광어, 도다리, 놀래미, 우럭, 오징어…
막 썰어서 만 원이다
씨끌씨끌 와글버글
웬 촌놈들이 뭔 말이 그렇게 많은지
주둥이로 세상을 썰고
하늘을 썰고 (그래서 눈 사박사박 내린다)
주인이건 손님이건 막 집어넣고 썬다
제 손가락도 썰고 (그래서 눈 위에 선혈이 낭자
하다)
발꼬락도 꼬리도 썰어서 내놓는다
쌍 무식한 새끼들
네 거시기도 썰라고 썰을 푼다
다신 안 올 거야 맹세를 하고 나온다
하지만 또 간다
외상값 갚으러

세상에 나한테도 외상을 주는 의리가 가상하지 않
은가?

천학매병 千鶴梅瓶*

짙푸른 밤하늘에
일제히 날갯짓 치며 날아오르는
천 마리 학
점점이 박힌 별들
날개 끝을 고누는 별빛을 따라
점점이 떠가는 천 마리 학

진흙을 개고 물레를 돌리고
그릇의 형상을 만들 때부터
이미 도공의 붓은 한 치의 오차도 없이
새들의 날갯짓 소리와 별빛을 읽고 새겼다

도공은 가고
그 병에 술 따라 마시던 세도가도 가고
술병은 땅에 묻혔으나
별빛과 새들의 날갯짓 소리에

아아, 내가 눈뜨고

천년의 하늘이 지나가고
다시 별들이 쏟아지고
내려앉는 새들의 날갯짓 소리에
다시 땅이 눈뜨고

*청자상감운학문매병(靑磁象嵌雲鶴文梅甁, 국보 제68호)

수박통

대중목욕탕 욕조에 떠 있는 수박통들
몸은 어디가고 수박통만
눈을 꿈뻑거리고 있을까?
장맛비에 둥둥 떠내려 온 수박통같다
햇볕에 익어가고 있는 것처럼
뻘건 얼굴로
땀을 뻘뻘 흘리고 있다
수박밭을 그리워하고 있는 것 같다
씨앗이 까맣게 익어가고 있는 것 같다
아무도 속을 보여주지 않지만
욕조 밑에 뿌리를 허옇게 내리고 있다

나와 보니
아이들이 운동장에서 공을 찬다
저 공은 누구의 수박통인가?
하늘을 뻥뻥 날고 있다

자세히 보니
그의 몸통이 같이 날고 있다

다람쥐 발걸음 소리에 놀란
도토리가 갈잎을 덮고 숨는다

환한 꽃

저기 세상에 처음 눈 뜬
환한 흙!
집 지으려고 굴삭기로 파헤친 공사장 한복판
흙은 세상을 처음 본다고 반짝 웃는다
중생대나 백악기 때 그대로의 빛으로 눈을 뜬 환
한 흙!
무엇을 보는 것이 아니라
무엇인가를 보여주려는 그 눈빛
그에게 달려가 손을 대어본다
처녀의 젖가슴을 만지듯 문득 움켜쥔다

그러나 그것도 잠시
철근이 박히고 시멘트 부어지고
무겁고 두꺼운 콘크리트가 흙을 덮어버렸다

꽃이 잠깐 피었다 지듯
환한 꽃은 사라졌다

신발

상갓집에서 누가 내 신발을 신고 간 날
나는 신발이 없어서
마지막 신발이 하나 남을 때까지
술을 마시며 생각했지
저 많은 신발 중에 왜 내 것을 신고 갔을까?
내 신발이 내가 싫어서
주인을 바꾸어 신고 간 것은 아닐까?
내 신발은 그 사람을 어디로 데리고 갈까?
혹시 습관처럼 우리 집에 데리고 가는 것은 아닐
까?
신발에 실려 현관을 들어서는
그 사람의 뒷모습이 보인다
영정 속에서 웃고 있는 죽은 이의 서늘한 뒷덜미!
그렇게 생각하니 신발은 진정 영혼을 신고 가는
배와 같았다
지금쯤 내 신발이 가슴 닿아 흐르는 강은 어디쯤
일까?

모두들 떠난 후 마지막 신발이 하나 남았다
나는 신발을 발에 꿰다가 화들짝 놀라 들여다본다
아까는 아무리 찾아도 보이지 않던 내 신발이었다
술 탓인가, 무슨 이런 일이 다 있을까?
너 어디를 돌아서 이제 왔느냐?

나의 장례식

내가 지금 죽는다면
일어날 일들이 눈에 선하다
벌어 놓은 돈이 없는 탓에 아내는 어떻게 살아갈
것인가 막막할 것이고
아이들은 어느 정도 자랐으니 나름대로 살아갈 것
이다
장례식장에 모인 지우들은
먼저 간 나를 욕하고 위로하고 술 마시고
집으로 돌아가거나 날을 샐 것이다
몇몇은 나를 기리며 울기도 하리라
그렇게 이틀 밤이 지나면
내 육신은 냉동실에서 꺼내어져서
버스에 옮겨 실려질 것이다
선산이 있는 것도 아니고 따로 준비한 묘도 없으니
버스는 화장장으로 달려갈 것이다
뜨거운 불이 내 육신을 삼키고
가루가 된 내 뼈는 세상 어딘가에 뿌려질 것이다

그렇게 내가 세상에 흔적도 없이 사라진 후에도
사람들은 여전히 살아서 먹고살 걱정을 하고
떠나간 나를 차츰 잊어갈 것이다
그렇게 이삼십 년쯤 지나면 그들도 죽어서
불에 태워지거나 땅에 묻힐 것이다
그때 우리는 다시 만날 수 있을까?

두 손 놓고

몸은 가벼울수록 좋다
하늘을 나는 것은 아니지만
중심을 잡으려면
많이 자빠져 봐야 한다
세상이 기우뚱거릴수록
평상심을 가지고 내달려야 한다
욕심이 많이 생길수록 두 손 놓고
앞으로 달릴 수 있어야 한다
어린 아들에게 자전거를 가르치며
나도 모처럼 자전거를 탄다
아들이 보고 따라 하면 위험하므로
아들이 안 볼 때만 두 손을 놓는다
아들아, 너도 때가 되면 두 손 놓게 되겠지
한강 고수부지 자전거 도로를 두 손 놓고 달린다
여차하면 강물에 빠질 것이다
절체절명의 위기!
자전거는 외줄 위를 달리고 있다

고기잡이

바다가 몸을 뒤채면
그물도 같이 뒤챈다
바다의 숨결을 감지하며
그물은 봉황의 날개를 펼치며 내려간다
저 캄캄한 바닥까지 머리를 디밀고 내려가 닿는다
바닥에 닿는 순간, 바다를 한 손에 거머쥔다
요동치는 바다
그물의 눈마다 번쩍이며 바다의 피톨을 옭아매고
그물코마다 바다를 조이고 풀고
물샐 틈 없이 끌어당긴다
내 팔뚝에 느껴지는 바다의 몸부림
그물을 당기는 내 손목에 잔뜩 힘이 들어가고
나의 기도가 정말 그물에 가닿았을까
점점 간절해지는 어느 한순간
그물은 천천히 배 위로 올라온다
드디어 배의 바닥에 펄떡거리는 바다
아, 펄떡거리는 바다의 정령들

그물을 당기다

추적추적 비 내리는 바닷가
비옷 입은 세 사람
두엄더미만 한 그물을 종일 풀어내고 있다
슬슬 당기고 깁고 꿰매며
그물이 내려갔던 깊이와 넓이를 고치고 있다
그들은 아주 천천히
수심 깊은 바다를 매만지며
다시 펼쳐질 봉황의 날개를 점검한다
그물은 눈을 반짝거리고
코를 벌름거리며 다시 바다냄새를 맡으며
깊이 내려가는 꿈에 젖는다

그날 밤 꿈에 그물이 내려왔다
누군가 슬슬 그물을 당긴다

비어 있는 날

비어 있는 날이 있다
달력에도 없는
물속
뿌리 속 같은 날

사무실은 없고 바닥과 의자만 있고
나 그 의자에 앉아서
빙빙 하늘을 올려다보며 돌고 있다

의자는 빙빙 돌면서 어디론가로 간다

아무 일 없고 그저 의자에 기대어
머리를 편히 쉴 수 있는 곳
아무도 나를 모르고
나도 누구도 모르는 곳으로

아무 할 일도 없이 비어 있는 날
비어 있는 곳을 향하여

풀과 이슬

풀잎에 눈을 박고
풀의 내부를 들여다본다

하늘을 떠받드는 기둥이 뻗어 올라오고
뿌리 끝도 부쩍부쩍 내려가고 있다
덕분에 풀잎은 쭉쭉 키를 세우고
나를 높이높이 들어 올린다
그러자 내 귀는 하늘 쪽으로 열리고
무언가 다른 것이 달려오는 소리가 들린다
둥둥둥…

저 까마득한 곳에서
무언가 펄쩍 피어났다
내부에서는 보이지 않던 환하디환한 얼굴
붉고 붉은 꽃

나 풀잎에 박았던 눈을 들어

그녀를 본다. 나 펄쩍
뛰어오른다
뉘엿뉘엿 저무는 해를 붙잡고
초가지붕을 덮고 누워 기다리는
집으로 걸음을 재촉한다

지게를 등에 지고 흥타령 부르며
정겨운 이야기가 숨 쉬는
산길 따라 집으로 간다

무지개는 어디에 있는가

땅만이 나누어진 것이 아니다
오히려 땅은 하나인데
하늘이 나누어져
빛과 그림자를 따로 뿌린다
보아라
너와 나
나와 너의 그림자
길 위에 수십 갈래로 뿌려져 있다
우리 손 잡고 걷고 있는데
언덕에 올라서 저 바다를 바라다보는데
해와 달 온갖 별들이 와서
서로들 끌어당기는구나
제 가슴에 우리를 담으려고 그러는 것이냐
보라!
무수한 손들이 하늘에서 내려온다

우리 둥둥 떠올라

손에 손을 맞잡고
하늘 올라가
나누어진 하늘에
무지개다리를 놓는다

운명에 대하여

저 집 지붕에 내가 숨 쉴 운명이 나를 보고 있다
계약서 쓰고 돌아서자 낯선 거리, 낯선 집 내게
로 온다
이제 너는 내 안에 살아야 하느니라
나 이제 저 집을 뜯어고칠 수도 부수어 버릴 수
도 있지만
운명은 내게 이 집에 맞추어 너를 살아라 한다
하기사 어느 정도 살아도 안 보고 새로 산 집을 왜
허물겠는가
나 이제 이 낯선 고장 낯선 사람들과 하나둘 사귀
어가며
이 거리의 햇살과 바람에 정들고 길들여져 가리
사람들은 던져진 주사위처럼 굴러올 것이고
나 그들이 차려 논 밥상에 초대될 것이고
주민회의에도 나갈 것이고 목욕탕에서 알몸으로
만날 것이다
고장의 발전에 대하여 투표하여야 하고

이 고장의 여자를 만나 이 고장의 아이를 만들 것
이다
나 지금은 누구를 만나고 누구를 사랑하고
누구와 술잔을 나눌지 알 수 없지만
저 지붕 위에서 운명이 나를 보고 웃는 것을
그 웃음을 삽처럼 걸쳐 메고
땅을 갈고 낟알을 심고 가꾸어야 함을 알아
계약서 한 장 펄럭이며
나 운명 속으로 이사를 해 들어와 앉았다

봄날

길 가다 마주치는
잘 빚은 선으로 흘러내리는
아름다운 여인들
하얀 조선 도자기들
문득 팅팅 두드려보고 싶은
그 속엔
절로 익는 술이 넘치리니
황진이적 가락도 묻어나오겠지
자꾸 손 내밀어 붙들고만 싶은
벙긋 웃는 목련 따들고만 싶은
봄날에
덕수궁 돌담 밖에서
석조전 돌아 오르는 계단
붉은 철쭉꽃잎 뚝뚝 듣는데
라일락 향기는 꺼이꺼이 맴돌아 오르고
나는 어쩌면 그네들 속에
익는 술 한 방울일지라도

그 속에 들고만 싶었다
세상이 그네들 속빛같이 환하고
따뜻하고 아 지랄 같았다

눈 내리는 밤

자정에
불을 끄는데
누군가 초인종을 누른다

누구세요
대답이 없다

누굴까

밖으로 나오는데
하얗게
눈이 내리고 있었다

웬일인지
대문이 활짝 열려 있고
아무도 없었다

눈사람 몇이 거리를 굴러다니고

갸웃거리며 집으로 들어가려는데
아아
안에서 문이 잠겨져 있었다

내가 몸을 둥글게 말고 시작과 끝을 잡는 다면

얼마나 추운지 온몸이 오그라들고
눈사람 속으로 들어가 살아야 했다
겹겹이 쌓이는 눈은 등 뒤에서 산을 이루었고
고통이 해보다 뜨거워서 해가 고통 속으로 들어
왔다
한 천년이나 만년이 지나간 듯 아득하였다
나는 몸을 둥글게 말고
해를 안고 내 안에
낮게 흐르는 구릉과 들을 만들었다
어렵사리 미풍이 나부끼고

언젠가 이 도시가 4000미터 빙하 밑에 있어도
나는 둥글게 몸을 말고 그 무게를 견디리

그러면 어느 날은 빙하가 슬그머니 빠져나가 바
다로 가고
이따금 물 몇 방울 저희가 짓눌러 놓은 내 등의 흉

터를 보려고
몇 방울 생각난 듯이 날아와 며칠씩 놀다 가리라
그때 내 안의 바다를 보고 새어들면 어쩌나
내 안의 바다를 보고 다시 눈 내리면 어쩌나
아아 안겨들면 어쩌나
이 바다 터지고 미어질 텐데
다시 눈 내리면 어쩌나

추억은 기차처럼

기차는 추억처럼 달린다
식당 칸에서 커피 향을 마시며
나, 풍경이 시간처럼 지나가는 것을 본다
시간의 혈관을 뚫고
마침내 꽃피기 위하여 수관樹冠을 오르는 수액樹
液처럼
기차는 하늘로 오르고 있는 것이다
동그랗게 날아오르는 기차 형태의 무지개여
차 안의 이들은 어떤 빛깔을 내장한 꽃잎일까
가벼이 흔들리는 찻잔을 들고
정물처럼 느릿느릿 움직이는 사람들이
제 등 뒤에 달린 날개를 못 느끼는 것을 본다
아, 그 날갯짓으로 기차는 날아오르고
시간은 풍경의 벽화로 둘러쳐져 멈추어져 있는
것을
까마득한 저 멀리서 추억은 기차처럼
외줄기 길을 달린다

안개

너무도 아득하여서 베이지 않는 네 살에서
튀어 오르는 피는 하늘을 찢고
산천마다 네 비린내 가득한데
너 머리 풀고 어디 가느냐
파헤쳐 논 가슴은 두고
어디로 잦아들었느냐

문득 발밑에서 피어나는 꽃이여

고대의 행복

1
하늘이 닫혀 있고
땅만 가득히 열려 있던 시절
사람들은 땅 위에만 있었다
배를 타고 멀리 나가 보기도 하였지만
하늘은 땅을 위하여 돌고
해 달 별 온갖 귀신들이 다
땅의 너른 가슴에 포복하였다
땅은 온전한 가슴인 채로 아 숫처녀인 채로
생명을 키웠고 감싸 안았다
그가 온 세상이었으므로
땅은 그 큰손으로 동그랗게 하늘을 안고 있었다
그 동그라미 안에 사람들은 살았다

2
하늘이 열렸다
하늘은 사람들을 동그라미 바깥으로 내몰았다

아, 우리가 껍데기에 매달려 있다니
언제 바깥으로 날려 가버릴지 모르는
지붕 없는 자의 불행!

3
누가 하늘로 올라가 지붕을 얹느냐

내가 하늘에 엉길 때

파란 하늘
그 깊숙한 곳에
돌팔매를 던져 올린다

휙!

그러나 하늘까지 가닿지 않는 돌
뚝 떨어지는 돌

돌은 그곳이 하늘이다
돌이 싹트는 그곳

만약 돌이 싹트지 않는다면
나는 나를 하늘에 던지지 못한 거야
나는 씨앗을 뿌리지 못한 거야

만약 돌이 싹트지 못한다면

110

하늘은 나를 받아 안지 못한 거야
하늘은 땅이 되지 못한 거야

돌을 싹틔우지 못한 하늘이 하늘일까

나는 들판에 대가리를 박고 서 있다

나의 죄

누가 나에게 죄를 물으면
죄 없다 하였다
올바르게 길을 걸었고
쓰레기를 줍고 다녔으므로

누가 나에게 행복하냐 물으면
행복하다 하였다
사랑하는 아내와 아이들
천국에서 나를 지켜주는 어머니가 계시니

누가 나에게 잘사느냐 물으면
가난하다 하였다
마음이 가난한 자는 복이 있나니
천국이 저의 것이라 하였으니

누가 나에게 무엇 하냐 물으면
백수라고 하였다

나의 죄 없음과 행복과 가난함이
무엇을 위한 일인 줄 모르는

전깃불

나 이제
너에게로 가서
너의 방을 불 밝히면 좋겠다
얼마나 너를 생각해야
전기가 되고 빛이 되어
너에게 이를 수 있는 것일까
어떤 말로도 너에게 닿을 수 없고
어떤 노래로도 너를 울릴 수 없었다
골고다 언덕을 오르던 그이처럼
십자가에 매달려 눈물 흘려야 하는 것일까
너를 그리는 마음이 새 떼처럼 날아오르고
파닥거리는 생각들이 빛나고 있다
네가 퇴근해서 문을 열고 들어서기 전에
너의 방의 불을 켜고 싶다
그 빛이 되고 싶다

구름 같은 나비 떼

소양강 댐 물 한 방울이든
고리 발전소 원자 한 방울이든
이밤사 빛으로 와서 다 피어납니다
나는
전선을 타고 무작정 달려와서
계속 사라지며 피어나는
구름 같은 나비 떼를 봅니다
내 책상 위에 노트북 위에
얼마나 많은 방울방울들이 사라지면서
내 작은 방을 날게 하고 있는지요
푸른색의 네발나비, 줄나비, 멋쟁이나비
초록색의 산나비, 거북딱지나비, 표범나비, 하얀
나비
이런 것들이 세상을 마술처럼 열고 있습니다
책도 보게 하고 TV도 보게 하고 인터넷도 하게
합니다
그래서 노트북에 이렇게 두드려봅니다

-내 방이 이렇게 하늘을 날고 있듯이
하늘의 별들도 날고 있겠지

수풀을 밀어내며 은빛 햇살 따라
가을 하늘을 안고 걸어가는
개울가에 앉아 자연을 마시고 싶다

한여름 태양을 마시면 걸어온
녹색 나뭇잎이 바람에 나누어 주는
옛이야기 만지고 싶어 그곳에
가보고 싶다

사과 열매가 빙그레 웃으며 윙크하는
그곳으로 마음 따라 가고 싶다

유택幽宅

아버지가 누운 산은
아버지가 그린 그림과 같았다

나를 빗질하는 바람이 거기서 오고
내 초라한 일기장이 펄럭펄럭 넘겨진다

거기 꽃피는 나무 하나 일으켜 세워지고
한 사나이가 서 있다
산으로 되돌아간다

바람이 분다
바람 소리에 묻어오는 아버지

그는 산으로 들어간 후 나오지 않는데
나는 그가 어디에 있는지 안다

그 대신 뻐꾹새가 울고

그 대신 나무에 꽃이 핀다.

아버지가 걸어 들어간 산에서
린광처럼 번뜩이는 부호들

묘비명처럼 서 있다

공룡 공원

공룡이 떼죽음으로 묻힌
뼈들이 놀고 있는 곳을
공룡 공원이라고 한다
하긴 일억 오천만 년을 놀고 있으니
네 뼈 내 뼈 없이 얼싸안고
이제는 세상에 나와 별마저 보고 있으니
그동안 변한 별자리 보고
제 자리에 갖다 맞추는 퍼즐도 즐기고
컴퓨터 속에 들어가 제 뼈도 좀 맞추고
이젠 사람들에게 으스대는 꼴이다
-꼴, 꼴에 좆만한 것들이 같이 놀제
우리 DNA는 살아 있어 다시 맞춰 봐
공룡 공원엘 가면
공룡은 정말 다시 살아나는 것 같다
그래 살아라 살아 쿵쿵거리는 발소리
하늘에서 내려오는 저 커다란 발
이제는 정말 커다란 발 보고 싶다

저 조그만 것들 깡그리 밟아버리고

새끼줄 타고 초가지붕에 오른 박이
함박웃음을 터트린다

우주가 걷는다

우주의 발은 어디를 딛고 있을까?
요즘 나는 그것이 주 관심사다
나의 행보를 우주의 행보에 맞추기 위해서다
지금 내 발은 이불 바깥으로 삐져나가
홀로 산처럼 솟아 있다
산生만큼 시가 써진다기에
걸은 만큼 존재한다기에
하루 종일 걸으며 땅에 입 맞춘 내 발
지금은 대지를 가로질러 인수봉처럼 우뚝 솟았구나
고맙고 대견하다는 생각이 든다
가만히 바라보니 내 발 주위에 구름이 감돌고 있다
히히, 이건 무슨 환영인가?
문득 일어나 창밖의 우뚝한 산을 바라본다
구름이 감도는 저 봉우리들은 아, 누구의 발이련
가?
내일 땅끝 마을로 떠나기 위해서 내 발은 휴식이
필요하다

저 봉우리들은 어디로 떠나기 위해 쉬고 있는 것
인가?
수천 년을 누워서 쉬고 있는 저 거인들은 누구인
가?
멀리서 우주가 쿵쿵 걷는 소리가 들리더니
어느새 우주의 발이 나를 즈려밟고 가고 있구나
나 까무룩 잠의 바닥에 새겨지고 있구나

빛과 어둠 인간의 극과 극을 오가는 자유로운 상상력의
시학

이 종 성(시인)

1. 하늘에 칼을 숨기고 번갯불 일으키는
고수의 검객

칼을 숨긴다? 고수만 가능한 일이다. 김용길 시
인, 그 고수의 칼은 무엇일까? 또한 그에게 칼의 숨
김 장소는 어디일까? 〈잠행(潛行)〉이라는 시에서 시
인이 슬쩍 고백을 하듯 "하늘에 칼을 던졌다"라는
언술에서 볼 수 있듯이 그의 칼의 은닉처는 하늘이
다. 얼핏 생각하면 하늘에 칼을 던진다는 행위는 신
성모독에 가깝다. 과거 중세 로마 가톨릭 교회 도덕
신학자들 입장에서 보면 화형에 처해질 중죄인으로
취급될 수도 있는 상황이다.
이쯤에서 우리는 시인의 '칼'이 무엇인지 다시 궁
금해진다. 칼이 칼로 끝나면 쇠붙이에 불과하다. 칼

은 날이 세워져야 한다. 그 날 선 칼을 하늘에 던졌다고 하늘은 상처를 받거나 피를 흘리지 않는다. 하늘은 그런 대상이 아니다. 상처 받고 피를 흘리는 것은 하늘 아래 인간사에서 일어나는 일이다. 칼은 주머니나 품속에 숨긴다고 해도 숨겨지지 않는다. 자칫 그 자신이 먼저 다치기 쉽다. 설령 숨겼다고 해도 불편하고 행동이 부자유스럽다. 김용길 시인의 칼은 달군 쇠붙이를 망치로 두드리고 두드리며 수없는 담금질을 통해 얻은 도(道)의 칼(刀)이다. 그 칼은 가슴이라는 용광로에서 탄생한 것이다. 가슴을 지나온 칼은 물리적인 것이 아니다. 정서적 시간적인 변용, 정신적 변화를 통해 얻은 언어적 보검이다.

　김용길 시인의 칼은 언설(言舌), 즉 혀다. 때에 따라서는 가차 없이 베어버리는 물리적 검, 때로는 천둥과 벼락을 치는 언어적 검, 어느 때는 깊은 위안과 따뜻한 평화를 가져다주는 심리적 검이다. 그런 검을 시인은 보여주고 싶지 않다. 구태여 들키고 싶지도 않다. 진정한 고수라면 쉽게 칼을 드러내지 않는다. 대의적 소명과 하늘의 부름에 의해서만 칼은 면목을 드러낸다. 칼의 면목은 단순히 기능과 용도로서는 실현되지 않는다. 칼은 분명 도(刀)이지만 도(道)가 되지 않는다면, 그것은 푸줏간에서 사용하는 시정잡배, 즉 백정의 칼일 뿐이다. 칼(刀)은 새로운 세계와 질서를 이끌어 내는 확고한 목적과 명분이 있어야 한다.

김용길 시인의 칼은 번갯불과 같은 것이다. 그 번갯불과 다름없는 칼을 어디에 숨긴단 말인가. 하늘이 아니면 마땅히 숨길 곳이 없다. 그의 검술은 전광석화와 같은 빠른 놀림이 특징이다. '조지 버나드 쇼'의 말처럼 그는 우물쭈물하지 않는다. 곧바로 움직인다. 눈치 보거나 곁눈질하지 않는다. 불필요한 동작이 없다. 좌고우면하지 않는다. 그는 하늘에 칼을 던진 최초의 시인이다.

시인은 시를 통해 영속성을 부여한다. 김용길 시인은 '혀'라는 검을 통해 인간의 유한성을 극복하고 인간 삶의 영원성을 회복하고 부여하는 데 그 남다른 의의가 있다 하겠다. 일찍이 누구도 선뜻 나서서 개척해 보려고 하지 않았던 새로운 분야에 출사표를 던진 것이다. 우리는 단지 그를 주목하기만 하면 된다. 그의 검은 언제나 혀요, 그 혀는 바로 시이다. 그가 던진 칼은 하늘에서 빛나는 검이 되어 별처럼 반짝일 것이다. 이제 우리에겐 하나의 즐거운 숙제가 생겼다. 그렇다고 그 숙제는 의무가 아니다. 해도 그만 안 해도 그만이다. 김용길 시인이 던진 그 빛나는 '검별'을 찾아보며 탐색하는 즐거움은 어디까지나 개별적 선택 사항이기 때문이다.

그와 한 시대를 오래 교우하며 지켜본 일인으로서 조금은 특별하고 낯선 이 새로운 시들을 일독하는 즐거움을 지금은 나는 다른 것과 바꾸지 않을 것이다. 적어도 이 한 권의 시집을 다 읽고 마지막 책장을 덮고 나면, 시인의 말처럼 〈시를 쓰는 마음-화장(火葬)〉에서 언표한 것처럼 "내가 사라진 뒤 허연 뼈가 재가 되어 글자 몇 개로 누워" 있을 것을 믿어 의심치 않는다. 김용길 시인은 가장 오래된 갑골문자를 갖고 있기 때문이다.

짜르르 나를 찌르고 지나가는 번개
그 불빛에 종일 걸어온 길이 환하다
다 떨쳐버리고 떠나온 바닷가
때마침 하늘에서 아버지가 번개를 친다
아껴 마셔라, 술 떨어지면 세상 하직하는겨
아버지 눈물 후두둑 후두둑 떨구신다
잔을 들어 아버지 눈물 받아 마신다
술에서 하늘 냄새가 난다

-〈한 잔의 밥〉부분

126

시인이 하늘에 숨긴 칼은 그를 지켜보는 아버지의 손에 들려 문득 아들이라는 자기 자신에게 번갯불을 친다. 화들짝 놀랄 만도 한데 그는 흔들림이 없다. 대신, 하늘 냄새를 맡는다. 여기서의 술(밥)은 칼의 주인 노릇을 제대로 하지 못하고 방일해진 자식을 질타하는 아버지(하느님)의 눈물이 담겨 있기 때문이다.

하늘은 우리 모두의 아버지이며 우리는 모두 하늘의 자식이다. 냄새를 인지하는 우리의 후각은 그 어떤 요소보다도 오래 기억된다. 연어가 모천을 향하는 것도, 낙타가 사막을 유유히 걷는 것도 모두 물의 냄새를 기억하고 있기 때문에 가능한 일이다. 십 리 밖, 만 리 밖 물 냄새를 맡는 존재가 시인이다. 지금 김용길 시인은 한 그릇의 밥(술)을 놓고 슬프게도 하늘 냄새를 맡는다. 그가 원해서가 아니다. 시인의 천형이며 의무다.

우리 인간은 모두 자궁 속에서 생명의 시원인 어머니의 물 냄새를 맡고 나왔으며 유전자 속에 담겨 대물림되고 있다. 그 물 냄새는 때때로 구름을 몰고 오며 비를 내린다. 혹여 누군가 그 물 냄새를 잃어버렸을 때 안타깝게도 그는 이미 치매가 진행되고 있는 것이다. 그럴 때는 〈말씀〉 시에서처럼 "구름 위

발코니에 앉아 있는 그이에게 전화해 봐야" 한다고
시인은 귀띔한다.

> 잘 벼린 칼 하나
> 가문 대대로 내려오는 명검
> 나는 한 달에 한 번만 그 칼을 쓴다
> 모두들 잠든 새벽
> 아무도 몰래
>
> 하늘에 걸어 둔
> 저 칼 뽑아 든다

-〈그믐달〉 전문

하늘에 숨겨 두었던 칼은 "한 달에 한 번만" 쓴다.
빛나는 칼이다. 하지만 화자는 일절 칼의 용도와 모
양 등에 대해서는 어떤 실마리도 제공하지 않는다.
그것은 순전히 독자의 몫이다. 앞서 칼은 도라 하였
다. 쉽게 설명되면 도가 아니다. 도는 설명되기 위해
서가 아니라 설명을 무질러버리기 위한 것이다. 노
자는 도덕경에서 "사람은 땅을 따르고 땅은 하늘을
따르며, 하늘은 도를 따르고 도는 자연을 따른다."
고 하였다. 그러니 함부로 도를 뭐라고 단정 지으며

설명할 수 없는 것은 당연한 일이다.

시인의 도(刀)는 여전히 말의 도이며, 함부로 자주 사용할 때 발생하는 그 폐해를 경계하여 아껴 쓰는 것이라는 추측 정도다. 생각해보면 이 세상을 망치는 것은 말이며, 이 세상을 살리는 것도 말이다. 달리 말해, 말이 천지자연이라는 도를 따르면 보검이 되고, 그렇지 않으면 흉기가 된다는 뜻이다. 무릇 시인의 칼은 날카로워야 하며 한쪽으로 경도될 경우 어떤 결과를 초래하는지를 기억해야 한다.

2. 영하 40도에서 용광로의 온도까지 넘나드는 걸음

시인의 칼에서는 이따금씩 번갯불이 인다. 그 번갯불은 하늘에 숨긴 검을 통해 일어나기 때문에 지상에 수직적으로 내리꽂히며 삽시간에 어둠을 밝힌다. 물론 그 하늘의 전광은 간헐적이고 국지적으로 발생한다. 짧고 강렬하여 우리가 무엇을 생각할 겨를이 없다. 찰나적이지만 그 빛은 선명하게 뇌리에 박힌다. 어둠은 황망히 쫓기며 지상을 건너는 존재들의 모습이 읽혀진다.

시 〈다큐멘터리〉에서 "새끼들에게 라면을 끓여주

고" 있는 반지하 방의 모습은 시인의 검이 구원해야 할 진정한 인간의 실체를 가감 없이 즉시적으로 보여준다. 그런 면에서 김용길 시인의 검에는 먼 세계와 스펙터클한 우주를 바라보는 망원경의 눈이 달려 있다. 그는 일찍이 세계일보 신춘문예 당선작 「만화경」을 통해서 그런 사실을 보여준 적이 있다.

　시에서 무협적인 요소들은 자칫 현실과 괴리된 공허한 울림으로 끝나기 쉽다. 그러한 우려를 간파하고, 시인은 시야를 다른 세계로 독자를 유도한다. 마치 새로운 장르를 보여주는 듯 스펙터클 SF를 펼친다. 하지만 내용은 전혀 과학적 내용이나 공상적 줄거리와는 상관이 없다. 시의 배경은 달이 떠 있는 우주적 미래로 열리고, 전개되는 내용은 매우 상징적인 우회적 경로를 통해서 만화경의 일부 장면을 극도로 압축하여 현실화한다. 덕분에 독자의 시각은 자극되고, 현대사회의 자본에 매몰된 인간성은 부활과 회복의 기회를 획득하게 된다. "햇빛도 들지 않는 빙하의 반지하 방"에서 천체망원경의 눈으로 목도하는 달의 펭귄을 통해 우리가 발견하는 것은 여전히 뒤뚱거리는 불완전한 인간의 걸음이다. 펭귄들은 겨울을 나기 위해 남극 대륙의 깊숙한 곳에 서식처를 마련하고 집단으로 월동한다. 산란한 하나의 알을 발등에 품으면서 새끼를 부화시킨다. 영하 40~50도의 혹한 속에서 허들링을 통해 블리자드에 맞서는 비장한 모습은 우리의 눈물을 촉발시킨다. 서로의 체온으로 서로의 생명을 지키는 것이 사랑이라는 사실을 보여준다.

시인이 보여주고자 했던 것은 바로 이 사랑의 원초적 모습이다. 달까지의 거리는 대략 38만 4천 킬로미터이다. 그 거리는 도저히 뛰어 건널 수 없는 거대한 죽음의 크레바스 같지만 가슴에서 가슴으로 전해지는 절절한 시인의 경험적 사랑은 간단히 그 얼음의 크레바스를 초월한다. 달로 이주한 펭귄들의 모습은 머잖아 우리가 목도해야 할 인간의 단면이다. 혹한과 눈 폭풍을 견디지 못하는 펭귄은 없다. 마찬가지로 사랑을 견디지 못하는 인간은 없다. 사랑이 없는 삶을 우리는 견디지 못하는 것이다. 우리의 삶은 사랑하기 위해서 존재한다는 사실을 시인은 한 편의 다큐멘터리를 통해서 보여준다. 구석진 반지하 방의 어둠에 조명을 비춘다. 하나하나의 사실적인 장면들이 우리가 유기한 인간의 모습이 아니길 바라면서.

누군가 강을 건너오는 듯한

가슴 두근거리는 물기척 때문이다
아, 누군가 나를 향해 헤엄쳐오는
그 물소리가 들린다

-〈물기척〉 부분

그런 때가 있었던가? 누군가 내게 다가오는 그 가슴 설레는 기척이 지금도 여전히 생생하게 느껴지는가. 강물에서 강물로 건너가는 물결, 가슴에서 가슴으로 건너가는 숨결 우리는 그 숨결로 산다. 구태여 물결은 어찌 강물의 가슴을 타고 강물로 건너가는가. 앞서 이야기를 하였듯이 가슴을 거치지 않는 것은 모두 공허한 것들이다. 금세 사라지고 말 것들이다.

사라짐에 대한 두려움, 불연속적인 것들에 대한 불안과 허무는 인간에게 영속성이라는 숙제를 안겼다. 세상에 영원한 것이 없다는 사실은 오래전에 드러난 진리다. 변하지 않는 것은 없으며, 또한 변하지 않는 것도 있다. 변역과 불역을 아우르며 영원한 것은 가슴에서 가슴으로 낳은 사랑이 유일한 것이다. 왜 가슴이 설레고 두근거리는가? 사랑이 오려고, 지금 한 번도 겪어보지 못한 새로운 사랑이 오려고, 시방 네가 내게 오고 있어 물기척을 감지하고 있는 것이다. 사랑할 때 우리는 모두 시인이 되지 않는가.

돌 속에 갇힌 여자가 말한다
-꺼내줘요. 제발!

돌 밖에 갇힌 남자가 말한다
-난 미켈란젤로가 아니야!

돌 속에 갇힌 여자가 말한다
-난 당신을 사랑해요. 제발 꺼내줘요!

돌 밖에 갇힌 남자가 말한다
-나를 들여보내 줘 제발!

-〈착득거(着得去)〉 전문

사랑은 선문답이 아니다. 존재의 버팀과 지향의 문제다. 한 대상에 대한 지향은 삶의 방향을 결정한다. 사랑은 상대방에 대한 열망이다. 자신이 되고자 하는 것이 아니라 철저히 '너'라고 하는 타자가 되려고 하는 갈망이다. 그런 면에서 사랑의 두 대상은 언제나 길항의 관계를 형성한다. 그런 관계는 서로를 성장시키며 더욱 성숙한 인간으로 만든다. 사랑은 나를 타자화하여 동일시하는 것이다. 서로 사이가 없는 사이가 되면 상대방을 '자기'라고 부른다. 언어적으로는 오류다. '자기'는 당사자 자신, 즉 나를 뜻하는 명사다. 하지만 호칭에 대한 언어 문법적 오류는 사랑의 측면에서는 아무런 문제가 되지 않는다. 나를 내려놓는 것이 방하착(放下着)이며, 그것은 자기 자신이라고 하는 아상이 사라지는 단계에서 가능한 일이다. 하지만 내려놓는다고 내려놓아지지 않는 것이 문제다. 내려놓지 않으면 자기 스스로 어딘가에 버려야 한다. 여기서 자기의 범위는 정확히 어디까지를 말하는 것인가?

신체적으로는 몸의 안쪽은 물론 바깥쪽까지 포함하는 것이라 해도 마음의 세계에서는 안도 바깥도 존재하지 않는다. 마음은 일유한 것이면서도 일원한 것이다. 일정한 장소가 없다는 뜻이다. '착득거(着得去)', 생겨난 것들은 생겨난 속에서 소멸되어야 한다. 그것은 우리가 종국에는 왔던 곳으로 되돌아가는 것과 다르지 않다. 일정 시간이 지나면 풀 한 포기도 자기가 가져왔던 것은 다시 갖고 간다. 우리는 너무 하나의 현상에 붙잡혀 있을 때가 많다. 사랑은 구속이지만 그것은 진정 자기를 벗어난 인식과 사고의 독방에서 탈출할 때만 얻을 수 있는 자유이다. 구속되지 않는 자유, 그 사랑이 바로 영원한 시간으로 우리를 인도한다. 그렇지 않고 진실하고 신실한 사랑이 아니면, 〈바로 치소서〉에서 천명하듯 하늘은 그를 바로 친다.

3. 낯선 곳으로의 귀환, 그 매몰된 시간으로의 은거

가끔은 낯선 곳이 그립다. 낯선 곳은 처녀지다. 새로운 땅이다. 그 결과는 여행이다. 우리는 가끔 자기만의 방에 있고 싶어 한다. 어릴 적 우리는 왜 다락방을 좋아했던가? 비밀스럽고, 그 비밀이 왠지 지켜지는 것 같았기 때문일 것이다. 계단을 하나씩 올라갈 때마다 현실 세계는 점점 멀어지고 나는 아무도 모르게 감추어졌었다. 그것은 해방이었다. 풀려나고 싶다는 욕망이 일시적으로나마 충족되었다.
자립이 존립이다. 그 존립은 자기만의 방에서 힘을 키우고 세워진다. 혼자 있지 못하는 사람은 타인과 함께 있을 수도 없다. 그렇다고 혼자만 있는 사람도 마찬가지다. 그런 사람과 함께 하게 되면 갈등과 마찰이 생긴다. 혼자 설 수 있는 자립의 힘을 키워주고 그 세계의 바탕을 만들어주는 공간이 자기만의 방이다. 버지니아 울프도 『자기만의 방』을 통해서 여성의 자립을 일궈내는 역사적 전환점을 만들었다. 시인에게 단어 하나하나는 하나의 방이다. 시인은 그 방을 열어서 교묘하게 유기적으로 연결하여 하나의 완전한 구조체를 만들어 세계를 창조해낸다. 평소에 그 단어들의 방은 닫혀 있다. 충분히 시간을 주어 그 단어가 갖는 의미들이 고유한 것들로 개별화 되는 시간을 벌어주는 것이다. 마치 씨앗들이 충분히 온도를 얻어 새로운 생명으로 푸른 하늘을 여는 것처럼.

남겨진 시간, 남겨진 그대
얼마나 같이 갈 수 있을까
떠나고 싶다 모르는 공간, 모르는 사람 속으로
모르는 삶을 살고 싶어
지금보다 덜 슬프고
지금보다 덜 외로운 곳으로
남겨진 그대와 떠나고 싶어
우리가 모르는 기쁨을 찾아
아무도 나를 모르는 곳으로 가서
내가 잘 아는 그대를 아무도 모르게 만나고 싶어

-〈모르는 곳으로〉 전문

검정 고무신을 보면 검정도 빛이 들어 있고, 도화지를 보면 하양도 살짝 어둠을 깔고 있다. 원을 보면 그렇듯이 끝은 끝이 아니라 다른 것의 시작이다. 새로 시작하고 싶을 때 우리는 다른 곳으로 간다. 그 다른 낯선 곳이 모르는 곳이다. 모르는 곳이 나만의 방이 된다. 우리는 가끔 왜 자기만의 방에 갇히고자 하는가. 폭설에, 시간에, 눈물에, 바다에 자신의 뼈를 절이는 섬이 되고자 하는 때가 있는가. 인식도 의식도 결속되지 않으면 정체성을 지닌 뚜렷한 그 무엇이 되지 못한다. 섬은 천 년 동안 아무리 성찰을 해도 그 존재 이유가 불분명하여 섬으로 남아 있다. 섬에게 바다가 되기에는 천년의 시간도 아직은 부족하다.

내가 너를 더 알고 싶어서, 내가 더 네가 되고 싶어서 몸부림치는 열망과 고독, 그 고독은 돌섬을 깎고 깎은 후에야 바다가 된다. 여기 이 시 〈모르는 곳으로〉에서의 "내가 잘 아는 그대"는 낯선 나다. 낯선 곳에서 낯선 나를 보아야 생경한 내가 안개처럼 걷히며 비로소 네가 보인다. "아무도 나를 모르는 곳"은 여전히 그 어디도 아니고, 너도 아니고 내 안에서 아직 발견되지 않은 미지의 장소다. 인간의 심리적 공간은 현실의 실제적 공간과 겹쳐지며 공명

한다. 거기서 나의 껍질이 벗겨지고 모습이 보인다. 사랑은 끊임없이 그 알맹이의 눈부신 미소를 보기 위해 낯선 곳을 탐험하는 여정이다. 사랑은 변함없이 바다처럼 너를 무인도로 만들어서 그곳에서 아무도 모르게 꼼짝없이 처박혀 지내자고 자꾸 존재를 부추긴다.

> 하늘은 높고 파랗고 깊은데
> 저기 저 어디쯤에서 내 별은 빛나고 있고
> 별빛의 대롱이 내게로 이어져 있다는 느낌
> 걷고 걸어서 바다에 이르면
> 대롱 속 저 밑에서
> 심장은 무언가를 뿜어 올리는데
> 여전히 건들거리는 꽃 대궁이
> 이건 어디서 와서 바람 타는 거지?
> 돌아갈 집이 없는 것도 아닌데
> 문득 아주 먼 곳에 와 있다는 느낌
>
> -〈여기, 아주 먼 곳〉 부분

위의 시에서 보듯이 사랑이 부추긴 결과 "문득 아주 먼 곳에 와 있다는 느낌"이 들 때 화자는 비로소 우리를 앞세워 "여기, 아주 먼 곳"이 가장 가까운 너라는 사실을 새삼 인지하게 만든다. 그리하여 너와 나는 하나로 결속된다. 어쩌면 그것은 시인과 동일하거나 비슷한 시대를 산 세대라면 공통적인 추체험일 수도 있을 것이다. 이를테면 석모도, 청평사 같은 장소들에서 실제 일어났던 일일지도 모른다. 그 장소는 시 〈후포에서〉 보듯이 "길 가다 길이 없어지고 대문을 여니 집이 없는 곳"이다. 자기만의 방에는 본디 길도 집도 없기 마련이다. 그러한 시인의 자아에 대한 본질적 사유는 다음의 시에서 보다 더 분명해진다.

> 나무는 창밖에서 노래하고
> 나는 그 뿌리를 베고 누워서 듣네
> 내 안이 방 안 같아서 당신이 내 안에 있는 거요
> 그러면 내가 너의 혼이라도 되는 거냐 물으면
> 그렇다 그렇다고 무수한 잎새가 박수를 치네
>
> -〈영혼의 나무〉

이 시집에서 모든 나무들이 한 곳에 모여 일제히 아낌없이 박수를 치는 또 다른 시 한 편은 진실로 우리를 기쁘게 한다. 아무런 설명이 필요 없다. 즉시적으로 읽히고 우리에게 그 마음이 가감 없이 전달된다. 솔직하며 매우 인간적이다. 특별한 장치도 미사여구도 없다. 어떠한 인위나 작위가 전혀 보이지 않는다. 물 흐르듯이 저절로 나와서 전류처럼 삽시에 흘러 자기만의 방에 고립된 존재를 환히 밝힌다. 이 시를 통해서 시는 쓰는 것이 아니라 난다는 표현이 적확하다는 사실을 새삼 인지하게 만든다. 소위 말하는 국민시의 전형이다. 〈유택(幽宅)〉이란 시는 후일 따로 지면이 주어진다면 〈번갯불〉과 마찬가지로 다시 논의하고 싶은 작품이다.

나 이제
너에게로 가서
너의 방을 불 밝히면 좋겠다
얼마나 너를 생각해야
전기가 되고 빛이 되어
너에게 이를 수 있는 것일까
어떤 말로도 너에게 닿을 수 없고
어떤 노래로도 너를 울릴 수 없었다
골고다 언덕을 오르던 그이처럼
십자가에 매달려 눈물 흘려야 하는 것일까
너를 그리는 마음이 새 떼처럼 날아오르고
파닥거리는 생각들이 빛나고 있다

네가 퇴근해서 문을 열고 들어서기 전에
너의 방의 불을 켜고 싶다
그 빛이 되고 싶다

-〈전깃불〉 전문

아버지가 누운 산은
아버지가 그린 그림과 같았다.

나를 빗질하는 바람이 거기서 오고
내 초라한 일기장이 펄럭펄럭 넘겨진다
(중략)
아버지가 걸어 들어간 산에서
린광처럼 번뜩이는 부호들

묘비명처럼 서 있다

-〈유택(幽宅)〉 부분

4. 돌들의 눈을 뜨게 만드는 불꽃 튀는 석공의 시간

존재는 보이는 것들을 믿는다. 본 것만이 유효하
며 실제다. 그만큼 눈은 만물을 살피는데 없어서는

안 되는 중요한 기관이다. 제일 먼저 눈으로 사물을 판단하고 신체의 각 기관을 작동시킨다. 눈은 그렇게 모든 존재들에게 질서라는 체계를 확고히 하고 믿음을 공고하게 만든다. 사람이 만물의 영장일 수 있는 여러 이유 중의 하나는 사물에 생명과 숨결을 불어넣고 눈을 뜨게 만든다는 점이다.

> 잠들어 있는 돌을 일으켜 세우고
> 사방을 쪼아대며
> 깎아내고 갈아대는데
> 아직 돌은 눈 뜨지 않는다
>
> -〈석공(石工)〉 부분

　목수는 나무를 깎고 석공은 돌을 깎는다. 단순히 깎아서 된다면 아무나 목수가 되고 석공이 될 수 있다. 익사 직전 가사 상태에 빠져든 사람에게 숨을 불어넣어 다시 숨을 쉬게 하는 것처럼 석공은 돌덩이에 혼을 불어넣는 사람이다. 돌은 본디부터 긴 호흡으로 숨을 쉬고 있다. 다만 아직 눈을 뜨지 못하고 있을 뿐이다. 돌의 눈꺼풀은 콩깍지 정도가 아니다. 너무 단단하고 두꺼워 웬만해서는 눈을 뜨게 하기기 쉽지 않다. 각고의 노력과 인내가 아니면 명장의 석공이 되지 못한다. 우리는 모두 눈을 뜨고 있지만 또 하나의 눈도 뜨였는지 물었을 때 선뜻 그렇다고 대답할 이는 많지 않을 것이다.

시인이 〈석공〉이라는 시에서 말하는 아직 뜨지 않는 눈은 심안을 두고 하는 말이다. 마음의 눈이 떠질 때 모든 사물은 자기 안의 영역으로 이입된다. 내면적 확장 없이 인간의 정신은 산맥처럼 뻗어가지도 못하고, 대양처럼 넓어지지도 못한다. 그런 시인의 말뜻을 헤아리면 우리는 거개가 아직 눈뜨지 못한 돌덩이이다. 망치로 수없이 얻어맞고, 불꽃이 튀어야만 심안이 떠질 수 있을 것이다.

도는 겸손과 겸허의 출발선을 필요로 하고, 덕을 쌓는 것이 선행되어야 한다. 그래야만 망치질을 견딘다. 그렇지 않으면 우리는 형편없이 허약한 숯처럼 한순간에 부서지고 만다. 단단한 돌일수록 큰 망치질을 받아들이며 운이 좋으면 단 한방에도 눈을 뜰 수가 있다. '목포 허백련 미술관'의 〈기도하는 소녀〉도 그러한 망치질의 결과이다.

김용길 시인의 시를 읽다보면 돈오는 몰라도 접수라는 가능성이 내게도 찾아올 거라는 어떤 기분 좋은 믿음이 생긴다. 그러한 예후는 "하루에 1만 원짜리로 구겨져서 열흘 동안 누워만 있었다"라는 〈삼척

일기〉, "몸 밖에서 타오르는 정신이여! 아, 너는 헛
것이었구나"의 〈금강경을 읽다가〉, "소나무 가지에
앉아 있는 검은 제복의 성직자"와 같은 〈썩은 고기
까마귀〉라는 시 등 곳곳에서 감지된다. 시인이 발견
한 이러한 세계는 〈환한 무덤〉에서 보듯이 무명의
시간을 지난 끝에서 얻은 눈으로 "그 긴 터널 지나
며 어둠도 새롭다."하여 심안의 눈은 〈절대 블루〉라
는 시에서 이야기 하듯이 "눈을 감아도 별들이 보"
이게 된다.

> 짙푸른 밤하늘에
> 일제히 날갯짓 치며 날아오르는
> 천 마리 학
> 점점이 박힌 별들
> 날개 끝을 고누는 별빛을 따라
> 점점이 떠가는 천 마리 학
>
> 진흙을 개고 물레를 돌리고
> 그릇의 형상을 만들 때부터
> 이미 도공의 붓은 한 치의 오차도 없이
> 새들의 날갯짓 소리와 별빛을 읽고 새겼다.
> (중략)

아아, 내가 눈 뜨고

천년의 하늘이 지나가고
다시 별들이 쏟아지고
내려앉는 새들의 날갯짓 소리에
다시 땅이 눈 뜨고

-〈천학매병(千鶴梅瓶)〉

사물들의 눈을 뜨게 함으로써 화자는 더 밝은 눈을 갖게 된다. 오늘날 일상화된 디지털 카메라 DSLR은 눈이 하나다. 그 카메라로 찍어서 보면 우리가 기대했던 것만큼 사물이나 풍경이 제대로 나오지 않는다. 사람은 두 개의 눈으로 보지만 눈 하나의 카메라가 포착한 표현의 한계다. 그래서 요즘 새로 출시된 스마트폰에 내장된 카메라는 이런 단점을 보완하고 있다. 복수의 눈을 부착한 것이다. 잠자리의 눈을 차용한 셈이다. 잠자리는 한 쌍의 겹눈 안에 많게는 3만 개에 가까운 낱눈을 갖고 있다고 한다. 어릴 적 경험이지만 잠자리를 잡으려고 살금살금 바짝 다가가 잽싸게 손가락을 오므리면 곧 잡힐 것 같던 잠자리는 잡히지 않고 이내 날아가곤 했었다. 잠자리는 고도의 광각과 망원에 해당하는 다

양한 카메라의 눈을 아주 많이 갖고 있는 탓이었다. 잠자리가 자기 주변에서 움직이는 물체를 쉽게 포착할 수 있도록 엄청나게 많은 눈을 아주 효율적으로 배치했던 것이다. 우리가 심안을 갖게 된다는 것은 바로 잠자리 못지않은 눈을 갖게 된다는 것을 의미하는 것이다. 그 눈은 수평과 수직은 물론 앞과 뒤 등 전 방위에 관계없이 360도를 아우르는 눈이다. 시인이 〈천학매병(千鶴梅瓶)〉에서 말했듯이 "아아 내가 눈뜨고", "다시 땅이 눈뜨게" 되며, 마침내 〈환한 꽃〉에서처럼 "흙은 세상을 처음 본다고 반짝 웃는" 경지에 이르게 된다.

지금까지 우리는 김용길 시인의 시를 디딤돌 삼아 생의 여울을 건너는 시간을 가져보았다. 첫 작품부터 끝의 작품까지 탄탄한 구성력과 긴장감으로 우리의 가슴을 사뭇 설레게 하면서도 사고를 지배해 왔다.

나는 마지막으로 김용길 시인의 한 사람의 독자로서 발문을 쓰는 평자로서 백석과 이상의 시를 동시에 연상케 하는 시 〈붕어를 찾아서〉 부분으로 모든 말들을 줄인다. 이것은 분명 한 권의 시집이 안고 있는 의미와 방향성에 대한 제시이며, 앞으로 어떻게 시인의 시 세계가 전개될지를 가늠하는 척도가 되고 있다. 내내 깊고 푸른 명문의 강물이 더 큰 강물을 만나 대해로 유장하게 흘러가기를.

> 문틀이 우는소리를 듣느니
> 오늘 성긴 눈발 긋고
> 밤새 눈이 퍼부어 내려
> 지금 자는 이들이
> 눈 속에 잠기는 걸 꿈꾸네
> 내일 아침은 눈 밑으로 길을 뚫고
> 덧정들 사람들만
> 가슴으로 데운 물 흐르는 시냇가에서 만나리
> 그 시냇가에 붕어빵 리어카 끌고 가서
> 천년을 눈 속에서 잠자는 이들 불러모으리
> (중략)
> 너희들 떠나온 곳
> 가고 싶은 곳으로 돌아가라
> 가게들이 늘어선 가로를 따라
> 그 밑으로 시냇물이 흐르고 길이 흐르고
> 이 도시 저 도시마다 떠도는 붕어 떼
> 길가에 시냇가에 붕어빵 리어카
> 그 위에 밤마다 눈은 내려만 쌓이고

그 눈 속을 붕어들이 오르내리고
시냇물 소리 철, 철, 철 천년을 가네